Mélanie,
la fée des
marguerites

Pour Danielle Dawkins qui s'y
connaît bien en magie!

Un merci spécial à Narinder Dhami

Catalogage avant publication de
Bibliothèque et Archives Canada

Meadows, Daisy
Mélanie, la fée des marguerites / Daisy Meadows ;
texte français d'Isabelle Montagnier.

(L'arc-en-ciel magique. Les fées des fleurs ; 6)
Traduction de: Danielle the daisy fairy.
Pour les 6-9 ans.
ISBN 978-1-4431-2017-3

I. Montagnier, Isabelle II. Titre. III. Collection : Meadows Daisy.
I Arc-en-ciel magique. Les fées des fleurs ; 6

PZ23.M454Mel 2012   j823'.92   C2012-902438-4

Édition publiée par les Éditions Scholastic,
604, rue King Ouest, Toronto (Ontario) M5V 1E1

5 4 3 2 1   Imprimé au Canada 116   12 13 14 15 16

Mélanie,
la fée des
marguerites

Daisy Meadows
Texte français d'Isabelle Montagnier

Éditions
■SCHOLASTIC

Le palais
du Royaume
des fées

Le Manoir
aux cerisiers

Le Jardin des fées

Le village de
Tremble-Feuille

Le pavillon des visiteurs

Le château
de glace du
Bonhomme
d'Hiver

Le lac de
la Belle-Rive

L'aire de pique-nique

Le parc

Le magasin
Foison de fleurs

Grande rue de
Fleuronville

Les jardins des chutes
de l'arc-en-ciel

Les floralies du château

Pour que les jardins de mon palais glacé
soient parés de massifs colorés,
j'ai envoyé mes habiles serviteurs
voler les pétales magiques des fées des fleurs.

Contre elles, les gnomes pourront utiliser
ma baguette magique aux éclairs givrés
afin de me rapporter
tous ces beaux pétales parfumés.

Table des matières

Un message mystérieux

— Oh! dit Rachel Vallée à bout de souffle en gravissant la pente escarpée. Je n'en peux plus!

— Moi non plus, dit Karine Taillon, la meilleure amie de Rachel. Même Bouton semble un peu fatigué et tu sais comme il est toujours plein d'énergie.

Bouton, le chien ébouriffé des Vallée,

trotte aux côtés de Rachel, la langue pendante.

— La vue en vaut la peine, les filles, lance le père de Rachel qui marche derrière elles en compagnie de sa femme et des parents de Karine.

Il tapote un grand panier à pique-nique en osier et ajoute :

— Le pique-nique sera fabuleux aussi.

Quelques instants plus tard, Rachel et Karine atteignent le sommet de la colline. Elles poussent des cris de joie en regardant autour d'elles.

— Tu avais raison, papa, reconnaît Rachel en souriant.

— L'effort en valait la peine, ajoute Karine. Le soleil brille et le paysage est magnifique. Des champs verdoyants s'étendent à perte de vue. Les fillettes peuvent apercevoir, nichées au fond d'un petit vallon, les chaumières de Fleuronville.

— Vu d'ici, le village a presque la taille du Royaume des fées, chuchote Rachel à son amie.

Karine rit. Toutes deux en savent plus long sur les fées que nul autre au monde. Les fées sont leurs grandes amies et les deux fillettes sont allées de nombreuses fois au Royaume des fées.

— Regardez, voici le Manoir aux cerisiers, dit M. Vallée en montrant un grand bâtiment à l'extérieur du village.

Les Taillon et les Vallée passent leurs vacances de printemps dans cette vieille demeure aménagée en hôtel.

— Même le manoir a l'air petit, vu d'ici!

Karine et Rachel échangent un sourire entendu en regardant le Manoir aux cerisiers. Leur séjour dans le vieil hôtel les a entraînées dans de nouvelles aventures féeriques.

Le premier jour, elles ont rencontré Téa, la fée des tulipes, dans les superbes jardins de la propriété. Téa les a emmenées au Royaume des fées où le roi Oberon et la reine Titania leur ont expliqué que le Bonhomme d'Hiver et ses gnomes avaient essayé de voler les sept pétales magiques des fées des fleurs. Ces pétales sont très importants. Leur magie garantit que toutes les fleurs seront vigoureuses et magnifiques! Lors d'une bataille de

sortilèges entre les fées et le Bonhomme
d'Hiver, les pétales ont été propulsés dans le
monde des humains et dispersés. Le
Bonhomme d'Hiver a envoyé ses gnomes les
chercher. Maintenant, Rachel et Karine
essaient d'aider les fées à retrouver les
pétales magiques avant les gnomes.

— Où allons-nous faire notre pique-
nique? demande Mme Taillon.

Elle jette un coup d'œil
au ciel. De gros
nuages noirs
menacent de
voiler le soleil.
— Oh!
J'espère qu'il ne
va pas pleuvoir!
Selon les prévisions
météo, cela pourrait
arriver.

— Ma foi, j'ai apporté un grand parapluie, répond M. Vallée, mais j'espère que la pluie attendra qu'on soit de retour au manoir.

— Regardez! Il y a un joli coin près du ruisseau, dit Karine en désignant l'autre versant de la colline. N'est-ce pas un bon endroit pour notre pique-nique?

— Bonne idée, approuve M. Vallée.

Le ruisseau est étroit mais long. Ses eaux limpides dévalent la colline sur des roches et des galets en faisant des bulles.

— Regarde, Rachel, dit Karine à voix basse tandis que ses parents déballent le panier à pique-nique. Les marguerites se fanent tout autour de nous!

— Je sais, répond Rachel dans un murmure. Je l'ai remarqué quand nous grimpions la colline. J'espère que nous trouverons aujourd'hui le pétale de Mélanie, la fée des marguerites!

— Oui, nous avons déjà trouvé cinq pétales, mais il y en a sept en tout, ajoute Karine.

Rachel hoche la tête avec sérieux. Les deux fillettes savent qu'il faut rapporter tous les pétales au Royaume des fées. C'est la seule façon de préserver la magie des fleurs afin que les fleurs du monde entier puissent s'épanouir et resplendir.

— Cet endroit est parfait, dit Mme Vallée en versant de l'eau dans le bol de Bouton. J'espère que cette longue marche vous a ouvert l'appétit.

Rachel et Karine hochent vivement la tête.
M. Taillon ouvre le panier à pique-nique et
commence à distribuer des sandwichs
emballés et des sachets de croustilles.

Tout le monde se met à manger. Bouton,
lui, se régale de friandises pour chien.

— Nous avons des muffins aux bleuets
pour le dessert, annonce Mme Taillon avec
un sourire.

Elle sort un grand contenant en plastique
du panier.

— Miam! s'exclame joyeusement Rachel.

— Tu m'as enlevé les mots de la bouche! remarque son père en riant.

Karine et Rachel mangent leurs sandwichs en admirant la vue. Tout en finissant ses croustilles, Karine contemple le ruisseau qui descend la colline et court vers un petit bois. *Je me demande jusqu'où il va*, pense-t-elle.

Soudain, à sa grande surprise, elle voit un magnifique nuage de poussière magique argentée s'élever des arbres.

Karine manque de s'étouffer avec le dernier morceau de son sandwich! Des étincelles argentées flottent dans les airs et commencent à se diriger vers elle.

Karine sait qu'elle et Rachel doivent tout faire pour que leurs parents ne voient pas la poussière magique. Vite, elle donne un petit coup de coude à Rachel, assise à côté d'elle. Rachel lève la tête et écarquille les yeux.

— Regardez, tout le monde! dit-elle rapidement en désignant la direction opposée. Voilà le grand champ de tournesols du village de Tremble-Feuille!

Les adultes tournent la tête pour voir ce qu'indique Rachel. Pendant ce temps, Karine regarde les étincelles argentées tracer des mots dans les airs. Elles semblent flotter juste devant elle et forment un message :

Il y a plein de choses à découvrir

Il y a plein de choses à découvrir autour de toi!

Alors, écoute ton amie la fée qui te dit :
suis-moi!

Puis le nuage d'étincelles se dissipe et
disparaît dans la brise légère.

Fébrile d'excitation, Karine se tourne vers
sa mère.

— Maman, est-ce que Rachel et moi
pourrions explorer un peu les parages avant
de manger nos muffins? demande-t-elle
avec enthousiasme.

Mme Taillon hoche la tête.

— Mais n'allez pas trop loin, ajoute

M. Vallée, et soyez
de retour dans une
demi-heure!

Rachel et Karine
se relèvent d'un
bond et se dépêchent
de suivre le ruisseau
en direction du bois.

— Les étincelles formaient
un message, Rachel! explique Karine à son
amie.

Les yeux brillants, elle répète le petit
poème.

— C'est sans doute l'une des fées des fleurs
qui l'a envoyé, dit Rachel, le visage
radieux.

Les fillettes arrivent bientôt près des arbres.
Elles restent à l'orée du bois, ne sachant où

aller. Soudain, elles entendent un doux chuchotement et voient de minuscules étincelles argentées jaillir de derrière un chêne.

Elles se précipitent dans cette direction.

— Bonjour, les filles! lance Mélanie, la fée des marguerites, en affichant un grand sourire.

De derrière le tronc, elle jette un coup d'œil et ajoute :

— Je vous attendais!

Une guirlande de fleurs

Mélanie sort de derrière l'arbre en dansant. Karine et Rachel échangent un sourire. La petite fée ressemble beaucoup à une marguerite avec son haut jaune vif et sa jupe plissée blanche, bordée de rose. Le bord de ses ailes est rose aussi et une barrette en forme de marguerite retient ses longs cheveux blonds.

— Comme je suis contente de vous voir, les filles! s'écrie Mélanie. J'ai vraiment besoin de votre aide. L'un des gnomes du Bonhomme d'Hiver a trouvé mon pétale de marguerite magique et tant que je ne l'aurai

pas récupéré, les marguerites et toutes les fleurs blanches du monde entier seront en danger!

— Oh non! s'exclame Rachel. Le gnome est-il dans ce bois?

Mélanie hoche la tête.

— Suivez-moi, dit-elle. Mais n'oubliez pas que les gnomes ont une baguette chargée de la magie glacée du Bonhomme d'Hiver pour les aider! Nous devrons faire bien attention!

Mélanie s'envole. Karine et Rachel suivent la minuscule fée scintillante et s'enfoncent dans le bois. Peu après, Mélanie s'arrête derrière un gros chêne au tronc noueux. Elle fait signe aux fillettes en posant un doigt sur ses lèvres.

Karine et Rachel jettent un coup d'œil derrière le tronc d'arbre. Devant elles s'étend une grande clairière verdoyante parsemée de marguerites flétries. Un gnome est assis sur un rocher au milieu de la clairière. Il confectionne une guirlande de marguerites. À côté de lui se trouve un tas de marguerites qu'il s'apprête à ajouter à la guirlande.

— Regardez les marguerites qu'il a ramassées, murmure Mélanie.

Rachel et Karine observent le tas de marguerites et remarquent qu'elles sont

fraîches et éclatantes. Leur centre est d'un jaune vif ensoleillé. Les fillettes savent ce que cela signifie : le pétale magique doit être tout près!

La guirlande du gnome s'allonge rapidement. Tout en tressant les fleurs, il chante sur l'air de Frère Jacques une drôle de petite chanson de son invention :

Marguerites, marguerites, dormez-vous?
Dormez-vous? fredonne-t-il en faisant tourner une marguerite dans sa main verte et osseuse.

Je fais une guirlande, je fais une guirlande.
Très très belle. Très très belle!

Karine se bouche
les oreilles.

— Il chante
si faux!
gémit-
elle.

— Les
autres
gnomes ne
peuvent pas être
bien loin, chuchote
Rachel. Le Bonhomme d'Hiver
leur a dit de rester ensemble cette fois-ci, tu
te souviens?

— Celui-là n'a pas la baguette, fait
remarquer Mélanie. Essayons de lui
reprendre mon pétale avant que les autres
n'arrivent.

Mais avant d'avoir pu tenter quoi que ce soit, elles entendent un bruit provenant de l'autre côté du bois.

Un instant plus tard, un groupe de gnomes bruyants fait irruption dans la clairière. Rachel, Karine et Mélanie échangent un regard consterné. Mélanie pousse un petit cri de dépit en voyant la baguette glacée dans les mains du plus petit gnome.

— Que fais-tu? demande un grand gnome en se dirigeant vers le gnome chanteur.

—Je fais une guirlande de marguerites,

répond ce dernier.

— Quel paresseux! s'exclame le grand gnome d'un ton brusque. Nous cherchons le pétale magique partout pendant que toi, tu te reposes! Ce n'est pas juste! Je vais le dire au Bonhomme d'Hiver!

Le gnome chanteur jette alors sa guirlande de marguerites par terre d'un air agacé et se relève.

— D'accord! lance-t-il. Je vais vous aider maintenant.

Il part en grommelant et se met à fouiner dans les touffes de marguerites.

Rachel, Karine et Mélanie voient les autres le suivre à l'exception du grand. Avec un regard mauvais, ce dernier ramasse la longue guirlande de marguerites et l'enroule sur ses épaules à la façon d'un boa en plumes.

— Hé! s'écrie le gnome chanteur en se précipitant sur le grand gnome. Rends-la-moi! C'est moi qui l'ai faite!

— Non! riposte le grand gnome. Elle me va bien!

Furieux, le gnome chanteur saisit une extrémité de la guirlande et tire dessus. Le grand gnome prend l'autre bout et la fragile guirlande tombe immédiatement en morceaux.

— Regarde ce que tu as fait! crie le gnome chanteur.

Tous deux jettent par terre les bouts de guirlande qu'ils ont encore dans les mains.

— C'est ta faute! proteste le grand gnome.

Et il donne un grand coup de son pied noueux dans les fleurs qui s'envolent de toutes parts.

— Allez chercher le pétale magique dans le bois! rugit-il aux autres gnomes qui le regardent. Nous devons le trouver avant ces chipies de fées!

Tous les gnomes partent à la recherche du pétale en traînant les pieds. Le grand gnome

se dirige tout droit vers l'arbre derrière
lequel Mélanie et les fillettes se cachent!

Alors qu'il se rapproche, Rachel remarque
un phénomène magique : partout où passe
le gnome, les marguerites sous ses pieds se
remettent à fleurir!
Mais dès qu'il s'éloigne, elles se fanent
de nouveau.

Rachel sait que cela ne peut signifier
qu'une chose.

— Regardez sous le pied du gnome

quand il le lèvera, murmure-t-elle à Karine et à Mélanie. Je crois que le pétale magique y est collé!

Pas à pas

Mélanie et les fillettes observent attentivement. Le gnome lève le pied pour faire un autre pas. En effet, le pétale étincelant est collé sous son gros talon vert.

— Comment allons-nous l'enlever? demande Rachel.

Karine réfléchit, puis dit lentement.

—J'ai une idée… Mélanie, pourrais-tu nous transformer en fées, s'il te plaît?

— Bien sûr! répond Mélanie.

Elle s'envole au-dessus des fillettes et, d'un coup de baguette, fait pleuvoir sur elles des étincelles magiques toutes brillantes.

Les fillettes commencent à rapetisser; elles en ressentent avec enthousiasme la sensation habituelle! En l'espace de quelques secondes, elles prennent la taille de Mélanie. Des ailes étincelantes miroitent dans leur dos.

— Allons-y! s'écrie Karine en s'élançant dans la clairière.

Rachel et Mélanie la suivent.

Les autres gnomes ont déjà disparu dans le bois; seul, le grand gnome reste encore dans

la clairière. Il semble agacé et cherche mollement le pétale magique. Karine se demande ce qu'il ferait s'il savait que le pétale était collé sous son propre pied!

— Bonjour! lance-t-elle en papillonnant au-dessus de lui, Rachel et Mélanie à ses côtés.

Le gnome lève la tête.

— Encore ces chipies de fées, grommelle-t-il. Vous sortez toujours de nulle part!

— Tu as travaillé très fort, n'est-ce pas? demande gentiment Karine.

Le gnome fronce les sourcils.

— Oui, c'est vrai, dit-il brusquement.

— Alors tu dois être fatigué, continue Karine. Après tout, l'autre gnome a eu la chance de se reposer, mais pas toi.

— Ce n'est pas juste! gémit le grand gnome.

Rachel et Mélanie échangent un sourire en devinant le plan de Karine!

— Eh bien, maintenant, c'est à ton tour de te reposer, poursuit Karine. Pourquoi ne t'étendrais-tu pas ici?

Elle montre du doigt le rocher où le gnome chanteur était assis.

Le grand gnome se met à bâiller.

— Oui, peut-être, répond-il.

Tandis qu'il se dirige vers le rocher, les

marguerites sous ses pieds fleurissent, puis se fanent après chaque pas.

Mélanie, Karine et Rachel se regardent nerveusement, mais le gnome ne remarque rien. Il s'assoit sur le rocher et bâille de nouveau.

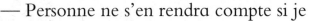

Mélanie fait un clin d'œil aux fillettes, puis elle lève sa baguette et une pluie d'étincelles déferle sur la guirlande de marguerites brisée. Les marguerites se rassemblent immédiatement pour former un oreiller blanc, moelleux et douillet.

Le gnome regarde l'oreiller qui a l'air très confortable.

— Personne ne s'en rendra compte si je fais une petite sieste, pense-t-il à voix haute en regardant autour de lui pour s'assurer qu'il n'y a pas d'autres gnomes en vue. Après tout, c'est *moi* qui ai le plus travaillé aujourd'hui…

Il pose sa tête sur l'oreiller de marguerites, appuie ses pieds sur le rocher et ferme les yeux. Maintenant, Mélanie, Karine et

Rachel peuvent voir le pétale magique
étincelant sous son pied.

Immobiles, elles attendent jusqu'à ce
que des ronflements sonores résonnent
dans la clairière.

— Le gnome est endormi, murmure
Karine. Maintenant, nous pouvons aller
décoller le pétale de son pied. Venez!

Les trois amies foncent à tire-d'aile vers le gnome assoupi. Alors qu'elles commencent à décoller le pétale de son pied, elles entendent un bruit derrière elles. Une seconde plus tard, les autres gnomes surgissent dans la clairière. Les trois amies poussent un cri de surprise.

— Hé! s'exclame le plus petit gnome, furieux, en montrant le gnome allongé près

du rocher. Il fait une sieste pendant que nous faisons tout le travail!

— Regardez! crie un autre. Des fées! Je parie qu'elles cherchent le pétale, elles aussi. Attrapons-les!

Et tous les gnomes se ruent dans la clairière, tout droit sur Mélanie, Karine et Rachel.

Les malheurs de Mélanie

Juste à ce moment-là, le gnome se réveille et repère Mélanie et les fillettes.

— Au secours! crie-t-il en leur donnant des coups de pied. Les fées m'attaquent!

Mélanie, Rachel et Karine sont obligées d'abandonner le pétale.

Elles s'envolent bien vite pour échapper au groupe de gnomes qui se ruent vers elles.

— Qu'allons-nous faire maintenant? demande Karine tandis qu'elles voltigent au-dessus du rocher.

En bas, elles peuvent apercevoir le pétale qui pend du pied du gnome.

— Je vais me débarrasser de ces chipies! se vante le plus petit gnome en brandissant la baguette du Bonhomme d'Hiver.

Et il se met à crier :

— *Je ne veux ni un petit chien, ni un cochon, ni une tourterelle, mais je veux envoyer sur ce rocher une grosse averse de grêle!*

Puis il dirige la baguette vers le rocher.

— Ne la pointe pas vers moi! s'écrie le grand gnome effrayé.

Il fait un bond et se sauve en courant.

40

Le pétale magique se détache de son pied et atterrit sur le rocher.

Mélanie descend immédiatement pour le saisir, suivie de Karine et de Rachel. Mais de gros grêlons tombent tout à coup du ciel et s'abattent sur le rocher.

Karine pousse un cri d'horreur en voyant la taille des grêlons. *C'est comme si nous jouions au ballon chasseur avec d'énormes boules de glace*, se dit-elle.

Les trois amies zigzaguent
pour éviter les grêlons.

Juste au moment où
Mélanie tend la main
pour attraper le
pétale, un grêlon
heurte son épaule
et la fait chuter
en vrille. Rachel
et Karine se
précipitent à
son secours et
réussissent à
l'attraper au vol.
Elles la saisissent
chacune par un bras
et l'aident à se rendre
à l'orée du bois, loin
de l'averse de grêle.

— Ça va, Mélanie? demande Karine.

Mélanie a l'air vraiment secouée, et
Rachel se mord la lèvre en attendant
la réponse de la fée.
Celle-ci se frotte l'épaule
et s'exclame :
— Ça va, mais j'ai
perdu ma baguette! J'ai
dû la laisser tomber
quand le grêlon
m'a heurtée.
— Regardez!
Elle est là-bas!
dit Rachel
en montrant
le rocher.
À travers les
grêlons, Mélanie
et Karine aperçoivent
la baguette à côté
du pétale magique.

Les trois amies échangent un regard et essaient d'élaborer un plan.

L'un des gnomes pousse alors un cri.

— Le pétale magique est ici! hurle-t-il en montrant le rocher.

— Et il y a une baguette de fée à côté! ajoute un autre, ravi.

Les gnomes se rassemblent autour du

rocher et fixent le pétale et la baguette
de Mélanie.

Personne n'ose approcher, car les grêlons
tombent encore violemment.

— Les fées ne peuvent pas prendre le
pétale magique maintenant, mais nous non
plus, dit le grand gnome en jetant un regard

mauvais au gnome à la baguette. Quel sort minable!

— Mélanie, peut-être que si Rachel et moi reprenions notre taille normale, nous pourrions éviter les grêlons et attraper le pétale? suggère Karine.

Les ailes de Mélanie s'affaissent.

— Je ne peux pas vous redonner votre

taille normale sans ma baguette, dit-elle au bord des larmes.

— Peut-être que je pourrais vous aider, dit une voix douce derrière elles.

Mélanie, Karine et Rachel se retournent d'un bloc. À leur grande surprise, une fillette est debout parmi les arbres et leur sourit!

Une nouvelle amie

Karine et Rachel sont si surprises qu'elles en restent muettes. Les fées ne doivent pas être connues des humains! Les fillettes sont les deux seules à être au courant. Que va-t-il arriver maintenant?

— Ne vous inquiétez pas, dit rapidement l'inconnue. Je ne dirai rien à personne. J'ai toujours voulu voir une fée et je n'aurais jamais cru que ça arriverait un jour!

Mélanie sourit et se tourne vers Rachel
et Karine.

— Ça va, dit-elle, elle va devenir notre amie!
Puis elle volette vers la fillette et se présente :

— Je m'appelle Mélanie. Voici Rachel
et Karine.

— Je m'appelle Rosalie Vanier, répond la
petite fille en regardant avec ravissement
Mélanie, Rachel et Karine papillonner
devant elle.

— Eh bien, Rosalie, nous avons vraiment
besoin de ton aide! explique Mélanie. Mais

tout d'abord, tu dois nous promettre
de ne dire à personne que tu as
rencontré des fées.

— Je le promets, affirme
Rosalie avec un grand sérieux.

Mélanie lui explique
rapidement que le
Bonhomme d'Hiver et les
gnomes ont volé les pétales
magiques.

Rosalie prend un air horrifié.

— Le Bonhomme d'Hiver doit être
très méchant, dit-elle. Comment puis-je
vous aider?

— Oh! s'exclame Karine en pensant
soudain à quelque chose. Rachel,
pourquoi n'avons-nous pas pris un
parapluie avec nous?

— C'est vrai, c'est dommage, reconnaît Rachel. Si nous l'avions donné à Rosalie, elle aurait pu l'utiliser pour se protéger des grêlons et aller chercher le pétale pour nous.

Rosalie prend un air perplexe.

— J'ai un parapluie dans mon sac à dos, dit-elle en sortant un parapluie rose de son sac. Mais je ne vois pas de grêlons!

Mélanie éclate de rire.

— Viens voir! dit-elle.

Avec Karine et Rachel, elle mène Rosalie jusqu'au bord de la clairière où les gnomes encerclent toujours le rocher.

— Je vais aller chercher le pétale magique! se vante l'un d'entre eux.

Il tend le bras; un grêlon frappe alors sa main et il fait vite un saut en arrière.

— Aïe!

— Laisse-moi faire! dit un autre gnome d'un air important.

Il tend la main vers le pétale, mais la retire aussi.

— Ouille, ça fait mal!

— Le Bonhomme d'Hiver veut ce pétale! déclare le grand gnome. Si on lui apporte aussi la baguette de la fée, il sera vraiment impressionné!

— Maintenant, je comprends pourquoi vous avez besoin de ce parapluie, murmure Rosalie. Je vais le tenir pour vous.

— Merci! disent Mélanie, Rachel et Karine à l'unisson.

Rosalie s'avance bravement dans la clairière.

— Hum, *grêle, va-t'en tout de suite!* chantonne le plus petit gnome.

Il essaie désespérément d'arrêter la grêle par un nouveau sort.

— Quel sort horrible! se plaignent les autres.

Soudain, les gnomes remarquent Rosalie et les fées. Rosalie ouvre vite son parapluie et le brandit droit vers les gnomes. Ils crient de peur et commencent à reculer. Rosalie se dépêche d'avancer. Quand elle arrive au rocher, les grêlons rebondissent sur le parapluie.

— Elles vont prendre le pétale magique et la baguette de la fée! s'écrie le grand gnome.

Il fronce les sourcils quand Mélanie, Rachel et Karine sortent de sous le parapluie.

— Nous avons besoin de ce sort! grommelle-t-il.

— *Nous n'aimons pas les méchants grêlons!* crie le plus petit gnome. *J'aimerais tant rentrer chez nous!*

— Ça ne rime même pas! hurle furieusement un autre gnome.

Pendant ce temps, Mélanie récupère sa baguette et Karine et Rachel saisissent le pétale magique.

— *Nous n'aimons pas les méchants grêlons!* crie le petit gnome en agitant la baguette. *Et nous voulons rentrer à la maison!*

Les grêlons s'arrêtent immédiatement.

Mélanie, Rachel, Karine et Rosalie échangent des regards paniqués, car les gnomes s'avancent vers elles pour leur bloquer le chemin.

— Laissez mes amies tranquilles!

dit courageusement Rosalie en agitant son parapluie.

— Non, non, non! insiste le petit gnome tandis que les autres tirent la langue aux fillettes. Nous allons rapporter ce pétale au Bonhomme d'Hiver!

Merveilleuses
marguerites

Rachel réfléchit rapidement. Elle se
tourne vers Mélanie et lui chuchote quelque
chose à l'oreille.

Le visage inquiet de Mélanie s'éclaire. Elle
agite sa baguette d'avant en arrière, et une
pluie de poussière magique déferle sur le
coussin de marguerites qui est encore sur le
sol. Rapidement, les étincelles magiques

transforment de nouveau le coussin en une guirlande de marguerites.

Sous les yeux de Mélanie, de Rosalie et des fillettes, la guirlande de marguerites s'envole dans les airs et commence à s'entortiller autour des gnomes.

— Au secours! s'écrie le petit gnome. Que se passe-t-il?

Il essaie de brandir sa baguette pour jeter un sort, mais il ne peut pas lever le bras. La guirlande qui l'entoure est trop serrée!

— Libérez-nous! crie le plus grand gnome

alors que la guirlande se noue en une jolie
boucle.

— C'est un bouquet de gnomes! plaisante
Rachel en les regardant se débattre vainement.

— Mon pétale magique a rendu la guirlande
de marguerites très solide, dit Mélanie en riant.

Puis elle quitte la clairière, suivie de Karine,
Rachel et Rosalie.

Derrière elles, les gnomes se disputent et se
battent en essayant de briser la guirlande de
fleurs.

— Ils ne vont pas se libérer de sitôt! continue

Mélanie. D'ici là, j'aurai ramené mon beau pétale au Royaume des fées!

Elle agite sa baguette et le pétale de marguerite reprend sa taille minuscule. Puis il flotte dans les airs jusqu'à ses mains. Une autre pluie d'étincelles magiques redonne à Rachel et à Karine leur taille normale.

Rosalie est très surprise.

— Je croyais que vous étiez toutes des fées! s'exclame-t-elle.

Les fillettes secouent la tête.

— Rachel et Karine sont les meilleures amies des fées, explique Mélanie, et maintenant, toi aussi!

— Je suis contente d'avoir pu vous aider!
dit Rosalie.

Rachel et Karine
lui sourient.

— Maintenant,
il faut que j'y aille,
poursuit-elle, sinon ma
famille va se demander
où je suis passée. Nous
faisons un pique-
nique de l'autre côté
du petit bois.

— Merci pour ton
aide, et au revoir!
dit Mélanie en la saluant de
la main.

— Oui, merci Rosalie! disent Rachel
et Karine en chœur.

— Au revoir! lance Rosalie en
s'éloignant. Je n'oublierai jamais le jour
où j'ai rencontré une vraie fée!

— Rachel, nous devrions partir nous
aussi, dit Karine une fois que Rosalie est
hors de vue.

Mélanie hoche la tête.

— Merci beaucoup pour votre aide, les filles, dit-elle. Maintenant, il ne vous reste plus qu'un pétale magique à trouver. Bonne chance!

Serrant son pétale de marguerite contre elle, Mélanie disparaît dans un nuage de poussière magique.

Karine et Rachel se dépêchent de rejoindre leurs parents.

— Rosalie a été très gentille, n'est-ce pas? remarque Rachel en chemin.

Karine hoche la tête.

— Je ne sais pas ce que nous aurions fait sans elle, réplique-t-elle.

Quand elles sortent du petit bois, Bouton se précipite sur elles en agitant la queue.

Les parents de Karine et de Rachel font la sieste sur la couverture de pique-nique. Lorsqu'elle voit les fillettes accourir, Mme Taillon s'assoit.

— Nous vous avons gardé des muffins, dit-elle gentiment en montrant le panier à pique-nique. Les fillettes hochent la tête et rient en voyant Bouton se rouler dans un

massif moelleux de belles marguerites blanches.

— Je n'avais pas du tout remarqué ces belles marguerites quand nous avons gravi la colline, dit Mme Taillon. Elles sont très jolies, n'est-ce pas?

Autour d'elle, l'herbe est à présent parsemée de petites fleurs blanches.

Rachel et Karine approuvent de la tête et échangent un sourire entendu. Toutes les marguerites peuvent s'épanouir maintenant que le pétale magique est de retour au Royaume des fées… qu'il n'aurait jamais dû quitter!

L'ARC-EN-CIEL

magique

LES FÉES DES FLEURS

Mélanie, la fée des marguerites, a récupéré son pétale magique. Maintenant, Rachel et Karine doivent aider

Rebecca, la fée des roses!

Pourront-elles trouver le dernier pétale?

À la rescousse des roses!

— Nous sommes arrivés aux floralies du château, dit M. Vallée en regardant la foule de gens se diriger vers l'entrée.

Il sourit à sa fille Rachel et à Karine qui est sa meilleure amie.

— Nous avons vraiment vu beaucoup de fleurs cette semaine!

— Nous adorons les fleurs! s'exclame

Rachel en adressant un sourire entendu
à Karine.

— Surtout depuis que nous avons
rencontré les fées des fleurs, ajoute Karine
dans un murmure.

Bras dessus, bras dessous, les fillettes
suivent leurs parents dans le champ où
le concours de fleurs va avoir lieu.

Le petit groupe s'approche d'une
grande tente.

— Qu'y a-t-il là-dedans? demande
M. Taillon en lisant le panneau à l'entrée.
Ah! Ce sont les roses!

Karine et Rachel échangent des regards
complices. Le pétale de rose disparu est
peut-être à l'intérieur! À mesure qu'ils
approchent, les Taillon et les Vallée
entendent parler les gens qui sortent de la
tente.

— Comme c'est décevant, dit un homme

sombrement. Je n'ai jamais vu de fleurs aussi mal en point!

Les Vallée et les Taillon entrent dans la tente et Rachel constate que l'homme a raison. Toutes les roses baissent la tête, et leurs pétales sont ternes et flétris.

— Allons plutôt voir les jardins, suggère M. Vallée qui regarde tristement les fleurs fanées.

En sortant, Rachel se tourne vers Karine.

— Les autres fleurs devraient être belles puisque nous avons trouvé les autres pétales et qu'ils sont en sécurité au Royaume des fées, murmure-t-elle.

Karine hoche la tête et ajoute :

— Mais nous devons sauver ces roses!

LE ROYAUME DES FÉES
N'EST JAMAIS TRÈS LOIN!

Dans la même collection

Déjà parus :

LES FÉES DES
PIERRES PRÉCIEUSES

India, la fée des pierres de lune
Scarlett, la fée des rubis
Émilie, la fée des émeraudes
Chloé, la fée des topazes
Annie, la fée des améthystes
Sophie, la fée des saphirs
Lucie, la fée des diamants

LES FÉES DES ANIMAUX

Kim, la fée des chatons
Bella, la fée des lapins
Gabi, la fée des cochons d'Inde
Laura, la fée des chiots
Hélène, la fée des hamsters
Millie, la fée des poissons rouges
Patricia, la fée des poneys

LES FÉES DES
JOURS DE LA SEMAINE

Lina, la fée du lundi
Mia, la fée du mardi
Maude, la fée du mercredi
Julia, la fée du jeudi
Valérie, la fée du vendredi
Suzie, la fée du samedi
Daphné, la fée du dimanche

LES FÉES DES FLEURS

Téa, la fée des tulipes
Claire, la fée des coquelicots
Noémie, la fée des nénuphars
Talia, la fée des tournesols
Olivia, la fée des orchidées
Mélanie, la fée des marguerites

À paraître :
Rébecca, la fée des roses